Tercera edición: septiembre 2006

Título original: "Karel heeft een droom"
Publicado por primera vez en Bélgica por Clavis, Amsterdam-Hasselt, 2003
Traducción: P. Rozarena
© Editorial Clavis, Amsterdam-Hasselt, 2003
© De esta edición: Editorial Luis Vives, 2003
Carretera de Madrid, km 315,700 50012 Zaragoza
ISBN: 84-263-5125-5

NACHO
TIENE UNA PESADILLA

Liesbet Slegers

 EDELVIVES

YO SOY NACHO
Y ESTOY JUGANDO
EN EL PARQUE
CON MI ESPADA.
AHÍ VIENE PAPÁ.

—¡NACHO, VAMOS A CASA! MAMÁ NOS ESTÁ ESPERANDO.

—¿TAN PRONTO?

EN CASA, CENO.
PAPÁ ME BAÑA
Y ME PONE MIS
ZAPATILLAS AZULES
Y MI PIJAMA.

PAPÁ NOS ARROPA
A MÍ Y A MI OSITO,
Y ME DA UN BESO.
—QUE SUEÑES COSAS
BONITAS, NACHO.

HE JUGADO TANTO
QUE ESTOY
MUY CANSADO
Y SE ME CIERRAN
LOS OJOS.

SUEÑO QUE ESTOY
JUGANDO
EN EL PARQUE.
HACE CALOR.

¿QUÉ ES ESO?
PARECE UNA FLECHA.
ES MORADA Y CON
LUNARES VERDES...

—¡GRRR...! —RUGE
EL MONSTRUO.
—¡SOCORRO!
¡VIENE A POR MÍ!

—¡PAPÁ, PAPÁ...!
¡SOCORRO!
¡UN DRAGÓN
QUIERE COMERME!

—NO TENGAS MIEDO,
TRANQUILO.
ES UNA PESADILLA.
NO HAY DRAGONES
NI MONSTRUOS.

PAPÁ NOS ARROPA
Y ME DA OTRO BESO.
AHORA YA
NO TENGO MIEDO.

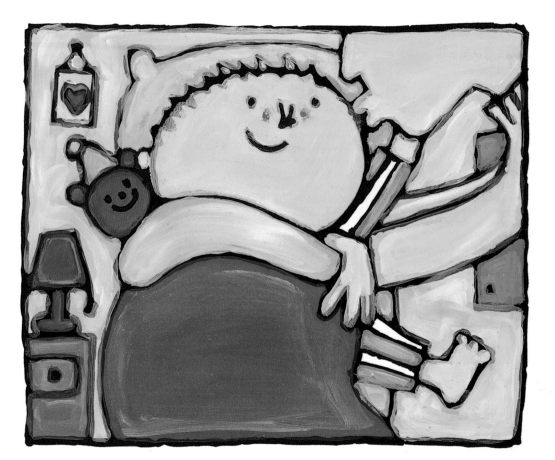

—PAPÁ, YA PUEDO
QUEDARME SOLO.
VOY A DORMIR
Y A SOÑAR
COSAS BONITAS.